D1621984

Joey Gonzalez, Great American

By Tony Robles

Illustrated by Jim Pryor

JOEY GONZALEZ, GREAT AMERICAN
A Kids Ahead Book
Published by World Ahead Media
Los Angeles, California

Copyright © 2008 by Tony Robles

Translation into Spanish by Tony Robles
Illustrations by Jim Pryor
Cover Design by Sheri Zane

Kids Ahead Books are distributed to the trade by:

Midpoint Trade Books
27 West 20th Street, Suite 1102
New York, NY 10011

Kids Ahead Books are available at special discounts for bulk purchases. World Ahead Publishing also publishes books in electronic formats. For more information call (310) 961-4170 or visit www.worldahead.com. Printed in China

First Edition

ISBN: 9780976726937
Library of Congress Control Number: 2007929244

10 9 8 7 6 5 4 3 2 1

For Josephine.

She would have loved this story.

Preface

I WROTE this story for the American children who are descendants of Spaniards and African slaves. I hope it will help them find within themselves the strength and the courage of their ancestors.

Thanks to Sra. Patricia Curtis and Sra. Adriana Trujillo for helping with the translation. Their input and suggestions were invaluable.

Thanks to Jimmy Pryor for agreeing to illustrate this book. Jimmy is an acrylic and oil painter. For this project he added watercolor to his repertoire. Special thanks to Jimmy for suggesting that I add the Buffalo Soldiers to the manuscript. His contribution made the story stronger.

JOEY GONZALEZ was nine years old. He wanted to grow up to be a great American. One day, Joey got up early and ran to wake up his mom.

"Mom!" he shouted. "Wake up! Today is the first day of school!"

His mom peeked out from under the covers. "Good morning, Joey," said his mom. "Today you start the third grade, right?"

"Yes, Mom. I'm going to study very hard," he said. "And someday I'm going to be a great American!"

His mom smiled. "Joey, you will be the greatest American," she said.

JOEY GONZALEZ tenía nueve años de edad. Él quería llegar a ser un gran americano. Una dia, Joey se levantó temprano y corrió a despertar a su mamá.

– ¡Mamá! – él gritó –. ¡Despiértate! ¡Hoy es el primer día de clases!

Su mamá se asomó de debajo de las cobijas. – Buenos días, Joey – dijo su mamá –. ¿Hoy comienzas el tercer año, ¿verdad?

– Sí, Mamá. Voy a estudiar muchísimo – dijo –. ¡Y algún día seré un gran americano!

Su mamá sonrió. – Joey, tú serás el mejor americano – dijo ella.

"I'm ready to start right now, Mom," said Joey.

"Right now?" said his mom.

"Yes, please," said Joey.

His mom got out of bed. "Okay," she said. "Let's go make your breakfast."

After having breakfast, Joey ran to the bus stop. Soon, his three best friends arrived.

– Estoy listo a empezar ahora mismo, Mamá – dijo Joey –.

– ¿Ahora mismo? – dijo su mamá.

– Sí, por Favor – dijo Joey.

Su mamá se levanto de la cama. – Pues, está bien – dijo ella –. Vamos a preparar tu desayuno.

Después de desayunar, Joey corrió a la parada del autobús. Pronto llegaron sus tres mejores amigos.

The first one to arrive was Andy. Andy was the tallest kid in the neighborhood. He had blond hair that hung over his blue eyes. Andy liked to play basketball. It was easy to shoot the ball over the heads of the other children.

"Hello, Joey," said Andy.

"Hi, Andy," said Joey.

El primero a llegar fue Andy. Andy era el niño más alto del barrio. Él tenía pelo rubio que colgaba sobre sus ojos azules. A Andy le gustaba el básquetbol. Era fácil lanzar la pelota arriba de las cabezas de los otros niños.

– Hola, Joey – dijo Andy.

– Hola, Andy – dijo Joey.

Next came Sandy. Sandy's skin was light brown like chocolate milk. She was almost as tall as Andy and everyone knew she could shoot hoops better than he could. But Sandy didn't play basketball. She liked baseball.

"Hello, boys," said Sandy, taking her place in line.

"Hello, Sandy," said Joey.

"Hi, Sandy," said Andy with a big smile.

Después vino Sandy. Sandy tenía la piel morenita como leche con chocolate. Era casi tan alta como Andy y todos sabían que ella lanzaba la pelota de básquetbol mejor que él. Pero Sandy no jugaba básquetbol. A ella le gustaba el béisbol.

– Hola, muchachos – dijo Sandy, tomando su lugar en la cola.

– Hola, Sandy – dijo Joey.

– Hola, Sandy – dijo Andy con una sonrisa grande.

Then came Leon. Leon was the smallest kid in the neighborhood. He didn't play basketball like Andy, or baseball like Sandy. Leon read books and knew lots of big words. His skin was brown like Sandy's, only darker, like a chocolate candy bar.

"Good morning, gang," said Leon.

"Hello, Leon," said Joey.

"Good morning, Leon," said Sandy.

"What's up, Leon?" said Andy.

Joey liked all his friends and he was a little bit like each of them. He played basketball almost as well as Andy, even though he wasn't as tall. He didn't bat a baseball as often as Sandy, but he hit it harder. He didn't know lots of big words like Leon, but he did like to read.

Luego llegó Leon. Leon era el niño más pequeño del barrio. Él no jugaba básquetbol como Andy, o béisbol como Sandy. Leon leía libros y sabía muchas palabras mayores. Él tenía la piel morena como Sandy pero más oscura, como un dolce de chocolate.

– Buenos días, camaradas – dijo Leon.

– Hola, Leon – dijo Joey.

– Buenos días, Leon – dijo Sandy.

– ¿Qué hubo, Leon? – dijo Andy.

A Joey le gustaban todos sus amigos y él era un poco como cada uno de ellos. Él jugaba básquetbol casi tan bien como Andy aunque no era tan alto. Él no bateaba la pelota de béisbol tantas veces como Sandy, pero le pegaba con más fuerza. No sabía muchas palabras mayores como Leon, pero sí le gustaba leer.

In some ways, Joey was not like his friends. He spoke Spanish as well as English. And he was the only kid in the group who didn't have a dad. His mom worked very hard but they didn't have a big house or a new car like the other families in the neighborhood. Joey's friends had nicer clothes than he did, and more toys.

But none of that mattered to Joey. They all went to the same school, in the same grade. Joey knew that if they studied hard and learned a lot, they would all have an equal chance to be great Americans.

When Joey and his friends arrived at the school, they met their new teacher, Mrs. Glass. She was a tall, thin lady with a baggy black dress and big clunky shoes.

"Good morning, children," she said in a deep voice. "I'm Mrs. Glass. Welcome to the third grade."

En ciertas maneras, Joey no era como sus amigos. Él hablaba español tan bien como el inglés. Y era el único niño del grupo que no tenía papá. Su mamá trabajaba muchísimo pero no tenían una casa grande o un coche nuevo como las otras familias del barrio. Los amigos de Joey tenían ropa más bonita que él, y más juguetes.

Pero nada de eso le importaba a Joey. Todos ellos iban a la misma escuela a la misma clase. Joey sabía que si estudiaban bastante y aprendían mucho, todos tendrían la misma oportunidad de ser un gran americano.

Cuando Joey y sus amigos llegaron a la escuela conocieron a su nueva maestra, Señora Glass. Ella era una señora alta y delgada con un vestido negro abolsado y zapatos grandes.

– Buenos días, niños – dijo ella en una voz profunda –. Soy la Señora Glass. Bienvenidos al tercer año.

She pointed at Joey with her long, skinny finger. "Tell me your name and tell me something about yourself."

"My name is Joey Gonzalez," he said. "I'm going to be a great American."

The teacher's eyes grew big. "So, you're Spanish," she said.

"No, ma'am," said Joey. "I'm American."

The teacher's eyes got small then big. "Gonzalez is a Spanish name," she said.

"No, ma'am," said Joey. "It used to be Spanish, but now it's American."

The teacher's eyes got small again and stayed that way. "You may call me Mrs. Glass," she said.

Señaló a Joey con su dedo largo y flaco. – Dime tu nombre y cuéntame algo de ti.

Mi nombre es Joey Gonzalez – dijo él –. Voy a ser un gran americano.

Los ojos de la maestra se hicieron grandes.
– Entonces, eres hispano – dijo ella.

– No, señora – dijo Joey –. Soy americano.

Los ojos de la maestra se achicaron y luego se agrandaron. – Gonzalez es un nombre español – dijo ella.

– No, señora – dijo Joey –. Tal vez era español, pero ahora es americano.

Los ojos de la maestra se achicaron nuevamente y se mantuvieron así.
– Puedes llamarme Señora Glass – dijo ella.

Joey felt a little nervous. He looked around the classroom. Andy seemed to be enjoying Joey's nervousness. Sandy stared at the teacher. Leon had a strange smile.

Joey took a deep breath. "Okay, Mrs. Glass," he said.

"Glass is an American name," said the teacher. "There's a difference."

"I'm sorry," said Joey. "I didn't know. My mom is Gonzalez and she's American. How can it be that I'm not American? And, if I'm not American in the first place, how will I get to be a great American?"

Mrs. Glass smiled but it was a strange smile that made Joey uncomfortable. Joey saw that the teacher felt sorry for him.

"Don't worry, Joey," said Mrs. Glass. "We will help you come out all right." She smiled sadly. "You're just a little bit different."

Joey se sintió un poco nervioso. Miró alrededor de la sala de clase. Andy parecía encontrar gozo en el nerviosismo de Joey. Sandy clavaba los ojos en la maestra. Leon sonreía extrañamente.

Joey respiró a fondo.
– Bueno, Señora Glass – dijo él.

– Glass es un nombre americano – dijo la maestra –. Hay una diferencia.

– Discúlpeme – dijo Joey –. Yo no sabía. Mi mamá es Gonzalez y ella es americana. ¿Cómo puede ser que no soy americano? ¿Y, si no soy americano ante todo, cómo llegaré a ser un gran americano?

Señora Glass sonrió pero fue una sonrisa extraña que hizo a Joey sentirse incómodo. Joey veía que la maestra le sentía lástima.

– No te preocupes, Joey – dijo la Señora Glass –. Te ayudaremos a salir bien –. Sonrió tristemente. – Eres solamente un poco diferente.

Joey's voice came out in a little squeak. "I'm different?" he said.

"Yes, you are," said Mrs. Glass. "Didn't your parents tell you?"

"No, ma'am," said Joey. "I mean Mrs. Glass. It's only my mom and me."

Mrs. Glass turned to the class. "You see, children," said the teacher, "Joey is different. Does anybody know what Joey is?"

"He's an orphan?" Andy called out.

"No," said Mrs. Glass, "he's not an orphan. But that was a good answer. Please raise your hand if you think you know what Joey is."

Leon looked at his classmates, then slowly raised his hand.

La voz de Joey salió un poquito chirriante –. ¿Soy diferente? – dijo él.

– Sí, eres – dijo la Señora Glass –. ¿No te lo dijeron tus padres?

– No, Señora – dijo Joey –. Digo, Señora Glass. No más somos mi mamá y yo.

La Señora Glass se dirigió a la clase. – Para que vean, niños – dijo la maestra – Joey es diferente. ¿Sabe alguien lo que es Joey?

– ¿Es un huérfano? – Andy clamó.

– No – dijo la Señora Glass – no es un huérfano. Pero, esa fue una buena respuesta. Por favor levante la mano si piensas que sabes lo que es Joey.

Leon miró a sus compañeros de clase, entonces con pausa levantó su mano.

Mrs. Glass pointed her skinny finger at Leon.

"Tell us what Joey is," she said.

"He's a minority," said Leon.

"Very good!" said Mrs. Glass. "That's correct! He's a minority. And we know minorities are different, don't we?"

"But I don't feel different," Joey protested.

"Oh, but you are," said Mrs. Glass. "For one thing, it's a little bit harder for minorities to learn, especially if they don't have a father."

La Señora Glass señaló a Leon con su dedo flaco.

– Díganos lo que es Joey – dijo ella.

– Él es minoría – dijo Leon.

– ¡Muy bien! – Dijo la Señora Glass –. ¡Correcto! Él es una minoría. Y sabemos que las minorías son diferentes. ¿Verdad?

– Pero no me siento diferente – Joey protestó.

– Ah, pero sí eres – dijo la Señora Glass –. Primeramente, para las minorías, es un poquito más difícil aprender, en particular si no tienen padre.

"But I'm learning just fine," said Joey. "I want to learn a lot and be a great American."

"Don't worry, Joey," said Mrs. Glass. "There's a special way to help minorities get ahead. It's affirmative action. Soon, we'll learn all about affirmative action right here in our classroom. That's a very important thing we do here at school."

– Pero, estoy aprendiendo muy bien – dijo Joey –. Quiero aprender mucho y ser un gran americano.

– No te preocupes, Joey – dijo la Señora Glass –. Hay un modo especial de ayudar a las minorías a prosperar. Es la acción afirmativa. Pronto, aprenderemos todo acerca de la acción afirmativa aquí mismo en nuestra clase. Es una cosa muy importante que hacemos aquí en la escuela.

By the time Joey and his friends got off the school bus in their neighborhood, Joey felt as if his life had totally changed.

"Everything my mother told me was wrong," he said. "I'm not an American. I'm a minority. No matter what I do, I'll always be a minority. Being a minority is forever."

"I'm glad I'm not a minority," said Andy.

"It's not bad," said Leon. "I like being a minority."

"You heard Mrs. Glass," said Andy. "Minorities are different. And you don't learn very well."

Leon laughed. "Sure we do. We learn just as well as anybody else. But we have affirmative action just in case. My dad says all we have to do is use the race card."

Cuando Joey y sus amigos se bajaron del autobús escolar en su barrio, Joey sentía como si su vida había cambiado totalmente.

– Todo lo que mi mamá me dijo estuvo mal – él dijo –. No soy americano. Soy minoría. No importa lo que haga, siempre seré minoría. Ser minoría es para siempre.

– Me alegro de que no soy minoría – dijo Andy.

– No es malo – dijo Leon –. A mi me gusta ser minoría.

– Oíste a la Señora Glass – dijo Andy –. Las minorías son diferentes. Y no aprenden muy bien.

Leon se rió. – Seguro que sí. Aprendemos tan bien como cualquier otro. Pero tenemos la acción afirmativa por si acaso. Mi papá dice que todo lo que tenemos que hacer es usar la tarjeta de raza.

"What kind of card is that?" Andy asked.

"The race card," Leon said. "Let's say our dads are going to compete in a race. My dad's skin is dark, so he can use the race card. He's allowed to start a little bit ahead of your dad. That's affirmative action."

"He's allowed to start ahead?" Andy frowned. "That's not right."

He looked at Sandy. "You're kind of brown, Sandy," he said. "Does your dad have a race card too?"

"No," said Sandy. "My dad says that would be cheating."

"That's not true!" Leon protested. "My dad says those are the rules. If you obey the rules, you're not cheating."

– ¿Qué tipo de tarjeta es esa? Andy le preguntó.

– La tarjeta de raza – dijo Leon –. Digamos que nuestros papás van a competir en una carrera. La piel de mi papá es oscura, así es que él puede usar la tarjeta de raza. Se le permite empezar un poquito más adelante de tu papá. Así es la acción afirmativa.

– ¿Se le permite empezar adelante? – Andy frunció las cejas –. Eso no es justo.

Él miró a Sandy. – Tú eres un poco morena, Sandy – le dijo –. ¿Tiene tu papá una tarjeta de raza también?

–No – dijo Sandy –. Mi papá dice que eso sería trampa.

– ¡Eso no es cierto! – Leon protestó –. Mi papá dice que esas son las reglas. Si obedeces las reglas, no hace ninguna trampa.

"Your dad is a cheater," said Sandy.

Leon turned on her. "I heard my dad say your dad is an Uncle Tom."

"What's an Uncle Tom?" Andy asked.

"I don't know," said Leon. "But I think it's pretty bad."

Sandy moved close to Leon and gave him an ugly look. Leon looked very small next to her. Sandy poked him in the chest. "You had better be careful who you call names, Leon," she said.

Leon put his hands up and backed away. "Sorry, Sandy," he said. "I'm not the one who makes the rules. Okay?"

"This is awful," Joey said to Andy. "We got along fine before old Mrs. Glass told us we're different. Now Leon and Sandy are fighting over some stupid card and some uncle named Tom. I don't like this. I'm going home."

– Tu papá es un tramposo – dijo Sandy.

Leon dio vuelta a confrontarla. – Oí a mi papá decir que tu papá es un Tío Tomás.

– ¿Qué es un Tío Tomás? – preguntó Andy.

– No sé – dijo Leon –. Pero pienso que es bastante malo.

Sandy se movió cerca de Leon y le echó una mirada fea. Leon parecía muy pequeño al lado de ella. Sandy le atizó el pecho. – Debería tener cuidado a quien insultas, Leon – dijo ella.

Leon levantó sus manos y echó para atrás. – Disculpe, Sandy – dijo él –. No soy el que hace las reglas. ¿Bien?

– Esto es horrible – le dijo Joey a Andy –. Nos llevábamos bien antes de que esa vieja Señora Glass nos dijera que somos diferentes. Ahora Leon y Sandy están peleando sobre una tarjeta estúpida y algún tío que se llama Tomas. Esto no me gusta. Me voy a casa.

Joey's mom noticed something was wrong when Joey walked into the house.

"What's the matter, Joey?" she asked. "Didn't you have fun at school?"

Joey looked at his mom and felt his heart breaking. "Mom!" he cried. "Why didn't you tell me I'm a minority?"

And then Joey told her all about what happened at school.

Joey's mom listened without saying a word. When Joey finished, his mom took him in her arms and sat him on her lap.

La mamá de Joey se fijó en que algo estaba mal cuando Joey entró a la casa.

– ¿Qué pasa, Joey? – le pregunto –. ¿No te divertiste en la esquela?

Joey miró a su mamá y sintió su corazón en pedazos.

– Mamá – él lloró –. ¿Por qué no me dijiste que soy minoría?

Y luego Joey le dijo todo de lo que había pasado en la escuela.

La mamá de Joey escuchó sin decir ni una palabra. Cuando Joey terminó, su mamá lo tomó en sus brazos y lo sentó en su falda.

Joey," she said, "do you remember what I told you about being an American?"

"Yes, Mom," said Joey.

"Then you should go back to school tomorrow and tell your teacher," she said.

"But won't I get in trouble?" Joey asked her.

Joey's mom hugged him really hard.

She told him, "Sometimes we get into trouble for speaking the truth, Joey. That's when you have to be brave. You should stand up and speak the truth no matter what people think or say. That's being a great American."

Joey went to bed early that night and slept well. His heart was at peace. He was ready to face Mrs. Glass.

Joey – le dijo – ¿Te recuerdas lo qué te dije acerca de ser americano?

– Sí, Mamá – dijo Joey.

– Entonces debes volver a la escuela mañana y decírselo a tu maestra – dijo ella.

– ¿Pero, no me meteré en líos? – Joey le preguntó.

La mamá de Joey lo abrazó muy fuerte.

Le dijo – a veces nos metemos en problemas por decir la verdad, Joey. Eso es cuando hay que ser valiente. Deberías ponerte de pie y decir la verdad, no importa lo que la gente piense o diga. Eso es ser un gran americano.

Joey se acostó temprano aquella noche y durmió bien. Su corazón estaba en paz. Él estaba listo a enfrentarse a la Señora Glass.

The next day at school, Joey raised his hand.

Mrs. Glass gave him her small-eyed look.

"Yes, Joey?" she asked.

Joey stood and looked around the classroom. Everyone was watching him. Sandy smiled. Andy looked curious. Leon just winked. Joey turned and faced Mrs. Glass. It was time to speak the truth.

"Mrs. Glass," he said, "I'm an American. A long time ago, my an- my an-" Joey was so nervous he didn't remember the word. He looked at his friend, Leon, who knew lots of big words.

"Your ancestors?" Leon asked.

Al día siguiente en la escuela, Joey levantó su mano.

La Señora Glass le lanzó su mirada de ojo pequeño.

– ¿Sí, Joey? – le preguntó.

Joey se puso de pie y miró alrededor de la clase. Todo el mundo lo observaba. Sandy sonrió. Andy parecía curioso. Leon sólo le guiñó. Joey dio vuelta y se enfrentó a la Señora Glass. Ahora fue el momento de decir la verdad.

– Señora Glass – él dijo – yo soy americano. Hace mucho tiempo atrás mis an – mis an – Joey estaba tan nervioso que no recordaba la palabra. Miró a su amigo, Leon, que sabía muchas palabras mayores.

– ¿Tus antepasados? – preguntó Leon.

"Yes," said Joey. "My ancestors were explorers who came to America a long time ago in little wooden ships across a big ocean. It was very hard work and very dangerous. But they were brave and strong and smart. They didn't have any af– af–" He was so nervous he got stuck again.

"Affirmative action," said Sandy.

"Yes," Joey said. "That stuff. My ancestors didn't have any affirmative action to help them cross the ocean. And they didn't come all the way over here to be minorities. They came to America to be Americans." Joey looked at his friends again. They were staring at him. Joey saw something in their eyes that made him feel strong and brave like his ancestors, the Spanish explorers.

"I don't want to be a minority," Joey said to Mrs. Glass. "I want to be American. I want to be a *great* American. And I don't need affirmative action or any of that stuff like race cards. I can succeed on my own like my ancestors. " Mrs. Glass's eyes looked almost as big as baseballs.

– Sí – dijo Joey –. Mis antepasados fueron exploradores que vinieron a América hace mucho tiempo atrás en barcos de madera pequeños cruzando un océano grande. Eso fue un trabajo muy difícil y muy peligroso. Pero eran valientes y fuertes y listos. No tenían ningúna ac – ac–. Estaba tan nervioso que se atoró de nuevo.

– Acción afirmativa – dijo Sandy.

– Sí – dijo Joey –. Esa cosa. Mis antepasados no tenían acción afirmativa para ayudarles a cruzar el océano. Y no vinieron hasta aquí para ser minorías. Vinieron a América para ser americanos. Joey miró a sus amigos otra vez. Ellos lo miraban fijamente. Joey vio algo en sus ojos que lo hizo sentirse fuerte y valiente como sus antepasados, los exploradores españoles.

– No quiero ser minoría – Joey le dijo a la Señora Glass –.Quiero ser americano. Quiero ser un gran americano. Y no necesito la acción afirmativa o cualquiera de esas cosas, como una tarjeta de raza. Puedo tener éxito por mi mismo como mis antepasados. Los ojos de la Señora Glass parecían casi tan grandes como béisboles.

Leon raised his hand.

"Yes, Leon?" said Mrs. Glass.

Leon stood and looked right at Mrs. Glass.

"My ancestors came to America across the ocean too," he said. "But they were slaves and they had the opposite of affirmative action. Mean people beat them all the time. It was very hard and very, very scary. To survive all of that, they had to be brave and strong and smart. I'm not a slave and I never will be. Still I have that strength inside me in case I need it."

His eyebrows came together and he looked very serious and very grown up.

"I'm going to study hard and I'm going to learn a lot," he said. "I'm going to be a great American like my friend, Joey. And I don't need any affirmative action to do it."

Mrs. Glass's eyes looked bigger than baseballs.

Leon levantó su mano.

– Sí, Leon? – dijo la Señora Glass.

Leon se puso de pie y miró directamente a la Señora Glass.

– Mis antepasados vinieron a América cruzando el océano también – él dijo –. Pero ellos fueron esclavos y tenían lo contrario de la acción afirmativa. Gente mala los golpeaban todo el tiempo. Era muy difícil y muy, muy espantoso. Para sobrevivir todo eso, tuvieron que ser valientes y fuertes y listos. No soy esclavo y nunca lo seré. Aún tengo esa fuerza dentro de mí por si acaso que la necesite.

Sus cejas se juntaron y parecía muy serio y muy maduro.

– Voy a estudiar muchísimo y voy a aprender bastante – él dijo –. Voy a ser un gran americano como mi amigo, Joey. Y no necesito ninguna acción afirmativa para hacerlo.

Los ojos de la Señora Glass parecían más grandes que béisboles.

Sandy raised her hand.

Mrs. Glass opened her mouth but nothing came out. She had to swallow to find her voice.

"Yes, Sandy?" said Mrs. Glass.

Sandy stood and looked straight at Mrs. Glass.

"My ancestors were slaves too," she said. "But some of them were freed and they fought in the U.S. Army. They were known as the Buffalo Soldiers. They were very smart and very strong and very, very brave. I'm very proud of the Buffalo Soldiers."

Her eyes got shiny and she looked as if she were about to cry.

"The Buffalo Soldiers were great Americans," she said. I'm going to be a great American too. And I don't need any race card to do it either."

Sandy levantó su mano.

La Señora Glass abrió su boca pero no salió nada. Tuvo que tragar para hallar su voz.

– ¿Sí, Sandy? – dijo la Señora Glass.

Sandy se levantó y miró directamente a la Señora Glass.

– Mis antepasados fueron esclavos también – dijo ella –. Pero algunos de ellos fueron liberados y lucharon en el ejército americano. Fueron conocidos como los soldados búfalo. Eran muy listos y muy fuertes y muy, muy valientes. Estoy muy orgullosa de los soldados búfalo.

Sus ojos se pusieron brillosos y parecía como si estuviera a punto de llorar.

– Los soldados búfalo fueron grandes americanos – dijo ella –. Yo voy a ser una gran americana también. Y tampoco necesito ninguna tarjeta de raza para hacerlo.

Mrs. Glass opened her mouth but no words came out. She swallowed again but this time she didn't find her voice.

Joey smiled. He knew that someday he and his friends were going to be great Americans.

The End

La Señora Glass abrió su boca pero no le salieron ningunas palabras. Tragó de nuevo pero esta vez no encontró su voz.

Joey sonrió. Él sabía que algún día él y sus amigos iban a ser grandes americanos.

Fin